ESTE LIVRO PERTENCE A:

_____

_____

_____

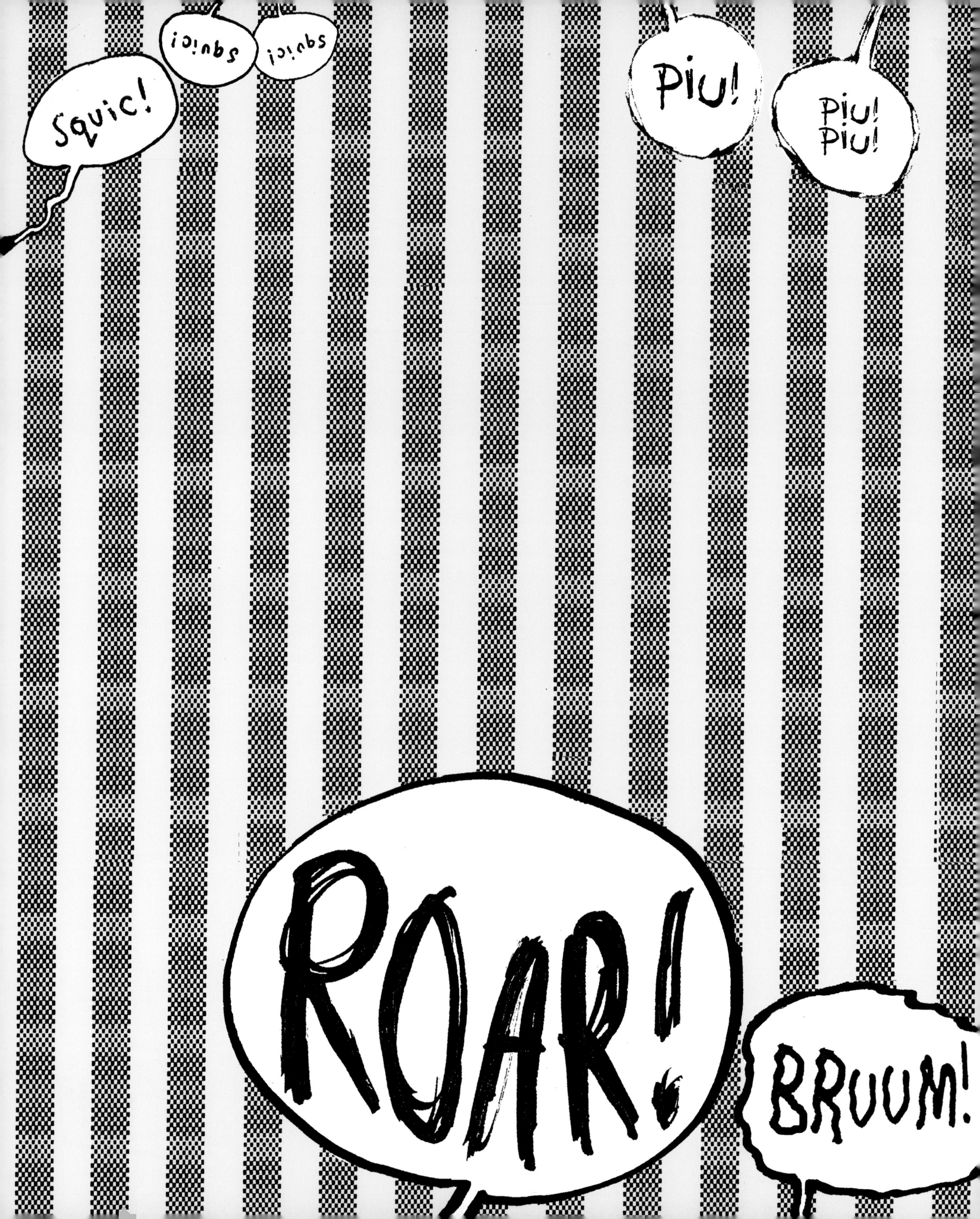
Squic!
squic!
squic!
Piu!
Piu!
Piu!
ROAR!
BRUUM!

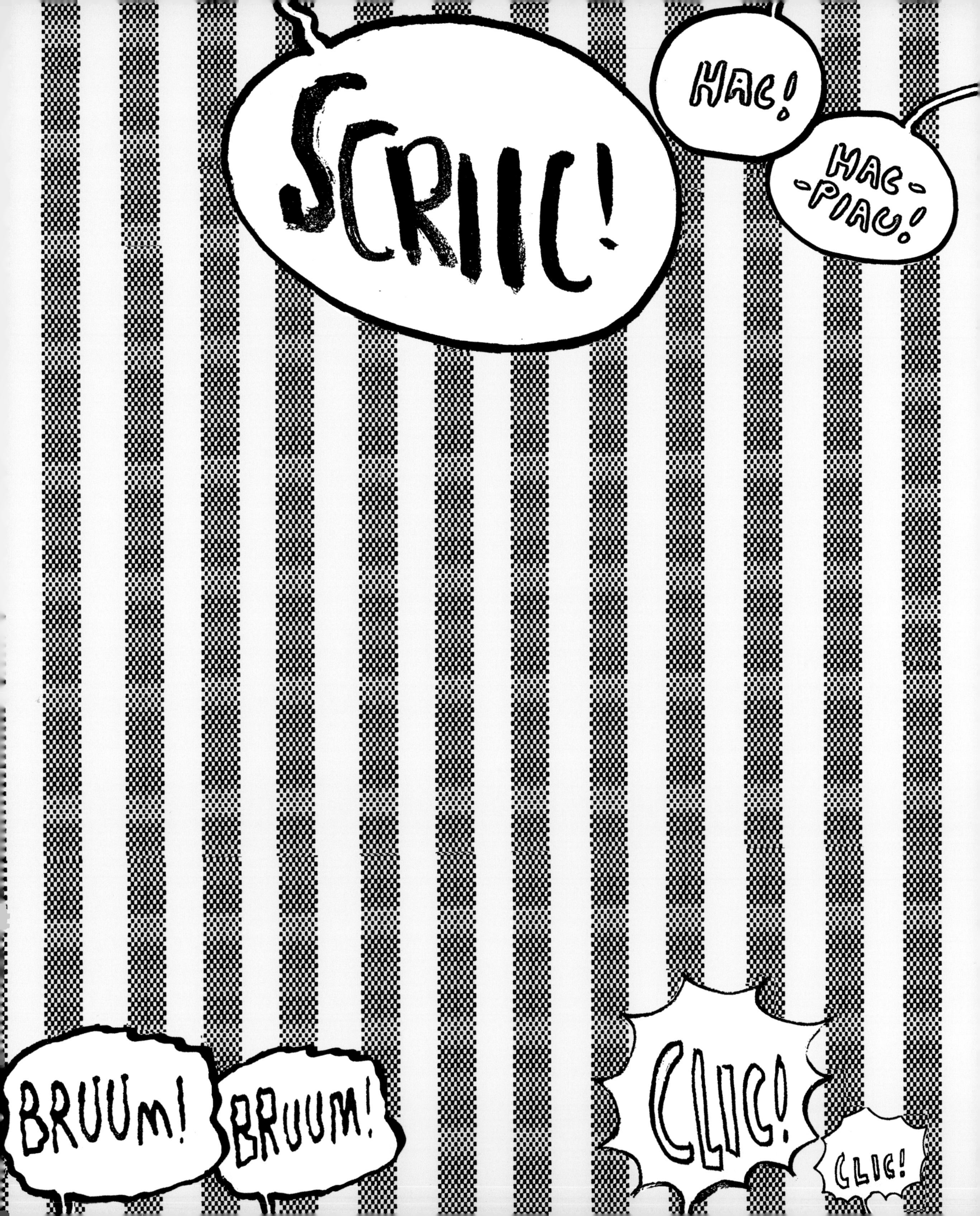
SCRIIC!
HAC!
HAC-
-PIAC!
BRUUm!
BRUUM!
CLIC!
CLIC!

Para Keiran Maye e outros meninos que gostam de ler (e os que não gostam). N.D.

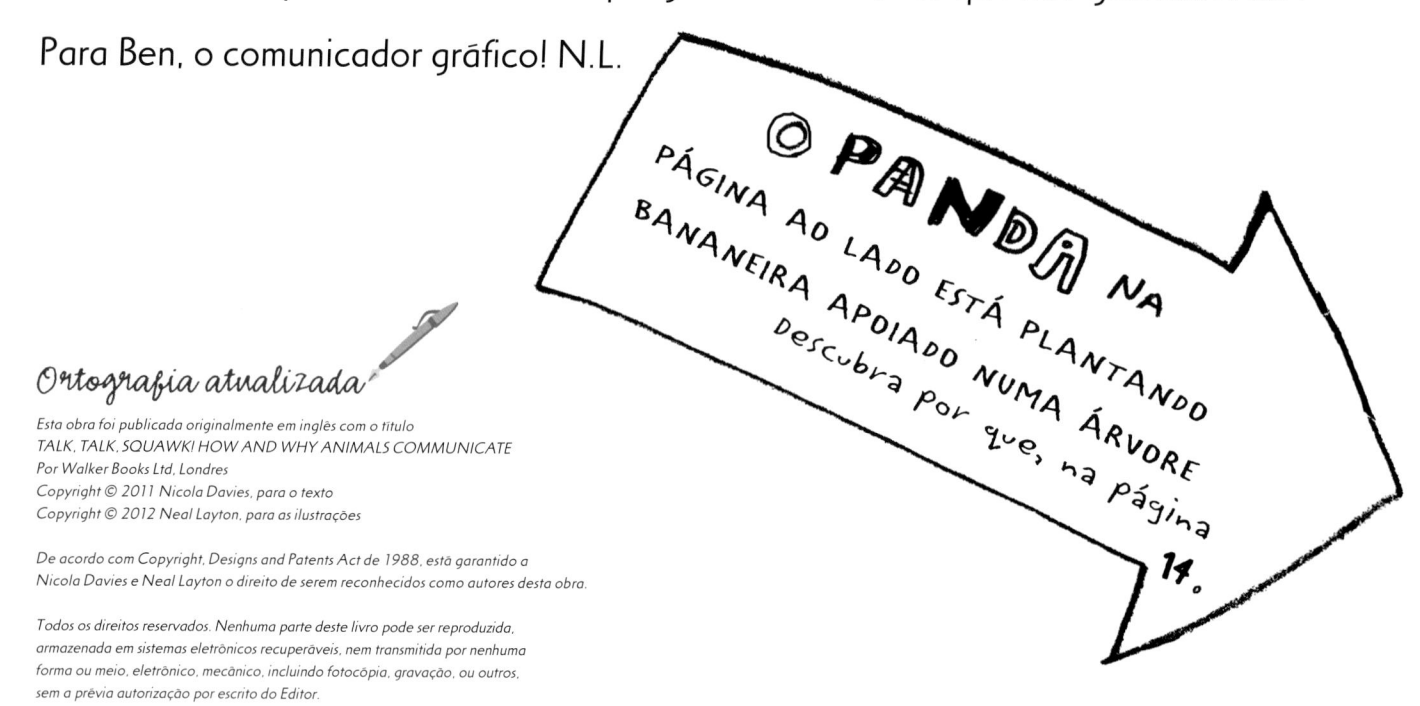

Para Ben, o comunicador gráfico! N.L.

Ortografia atualizada

Esta obra foi publicada originalmente em inglês com o título
TALK, TALK, SQUAWK! HOW AND WHY ANIMALS COMMUNICATE
Por Walker Books Ltd, Londres
Copyright © 2011 Nicola Davies, para o texto
Copyright © 2012 Neal Layton, para as ilustrações

De acordo com Copyright, Designs and Patents Act de 1988, está garantido a
Nicola Davies e Neal Layton o direito de serem reconhecidos como autores desta obra.

Todos os direitos reservados. Nenhuma parte deste livro pode ser reproduzida,
armazenada em sistemas eletrônicos recuperáveis, nem transmitida por nenhuma
forma ou meio, eletrônico, mecânico, incluindo fotocópia, gravação, ou outros,
sem a prévia autorização por escrito do Editor.

Copyright © 2014, Editora WMF Martins Fontes Ltda.,
São Paulo, para a presente edição.

O PANDA NA PÁGINA AO LADO ESTÁ PLANTANDO BANANEIRA APOIADO NUMA ÁRVORE. Descubra por quê, na página 14.

1ª. edição 2014

Tradução
Monica Stahel

Revisão técnica
Humberto Conzo Junior

Acompanhamento editorial
Luzia Aparecida dos Santos

Revisões gráficas
Renato da Rocha Carlos
Maria Regina Ribeiro Machado

Edição de arte
Katia Harumi Terasaka

Composição e letreiramento
Lilian Mitsunaga

Dados Internacionais de Catalogação na Publicação (CIP)
(Câmara Brasileira do Livro, SP, Brasil)

Davies, Nicola
   Blá-blá-blá, piu-piu! : como e por que os animais se comunicam / Nicola Davies ; ilustrações Neal Layton ; tradução Monica Stahel. – São Paulo : Editora WMF Martins Fontes, 2014.

   Título original: Talk, talk, squawk! : how and why animals communicate.
   ISBN 978-85-7827-834-2

   1. Literatura infantojuvenil I. Layton, Neal. II. Título.

14-02517   CDD-028.5

Índices para catálogo sistemático:
1. Literatura infantil 028.55
2. Literatura infantojuvenil 028.5

Todos os direitos desta edição reservados à
Editora WMF Martins Fontes Ltda.
Rua Prof. Laerte Ramos de Carvalho, 133   01325-030   São Paulo   SP   Brasil
Tel. (11) 3293.8150   Fax (11) 3101-1042
e-mail: info@wmfmartinsfontes.com.br   http://www.wmfmartinsfontes.com.br

Blá-blá-blá, Piu-piu!
Como e por que os animais se comunicam

Nicola Davies

illustrações de **Neal Layton**

tradução de **Monica Stahel**

wmf **martinsfontes**

SÃO PAULO 2014

BLÁ-BLÁ-BLÁ...

Os seres humanos se comunicam o tempo todo!

Com palavras...

com expressões do rosto...

com as mãos...

com anúncios, sinais, luzes piscantes e sirenes.

E nós não somos os únicos...

wmf**martinsfontes**
SÃO PAULO 2014

...TODO O MUNDO FAZ

Em todos os lugares do planeta, os animais fazem o mesmo!

Nas selvas africanas, os macacos cercopitecos usam sons à maneira de palavras: "piau!" quer dizer leopardo, "hac!" quer dizer águia, e os dois juntos, "piau-hac", quer dizer "vamos embora!"

Em parques e jardins, percevejos conhecidos como marias-fedidas "tamborilam" mensagens em folhas e galhos de modo que possam encontrar uns aos outros.

Nas florestas tropicais da América do Sul, as formigas-cortadeiras deixam rastros odoríferos que funcionam como sinalização de direção, mostrando às outras formigas o caminho até o alimento mais próximo.

QUEM NÃO SE COMUNICA MORRE!

Pelos cantos, batidas, zumbidos, roncos, lampejos e uivos que se observam, fica claro que a comunicação, para os animais, é tão importante quanto para nós. De fato, quase tudo o que os animais fazem — como encontrar comida e abrigo, arranjar um parceiro e cuidar dos filhotes — seria impossível sem a comunicação. Todo animal precisa se comunicar de alguma maneira.

Isso significa que ele tem que mandar um sinal que o animal receptor seja capaz de perceber e compreender. Por exemplo, não adianta piscar uma luz para atrair um parceiro se esse parceiro é cego, ou sussurrar em meio a uma tempestade com trovoadas, ou agitar uma bandeira branca se o inimigo acha que o sinal de rendição é uma bandeira azul. Desse jeito, os dois lados fracassam.

Assim, os animais chegaram a maneiras de fazer sinais que funcionam mesmo que esteja muito escuro e não dê para enxergar, mesmo que haja muito barulho e não dê para ouvir, mesmo que o outro animal esteja a centenas de quilômetros de distância ou, até, que ele seja membro de espécie diferente.

Nos bosques americanos, a juruviara canta desde a aurora até o escurecer. Cada macho canta cerca de 22.000 vezes por dia, como alerta para que outras juruviaras se mantenham fora de seu território.

Longe, em alto-mar, as baleias-azuis utilizam cantos profundos, que soam como o ronco de um avião levantando voo, para enviar mensagens que atravessam centenas de quilômetros de oceano.

Nas águas escuras dos rios africanos, o peixe-elefante utiliza impulsos elétricos para enviar sinais que significam "sou o chefe".

Nos recifes de coral, as cores e os padrões vivos das diferentes espécies de peixes-borboleta funcionam como rótulos que informam que tipo de peixe cada um deles é.

RUM! RUM! RUM!

EU TE ♥ !

TEM ALGUÉM AÍ?

UNIFORMES

O uniforme é um sinal muito simples que indica "um dos nossos". Até o uniforme escolar mais feio – como o casaco listrado de vermelho e amarelo que eu era obrigado a usar na minha escola – é um meio realmente eficaz de identificar seus colegas na multidão.

As cores e os padrões vivos dos peixes-borboleta têm a mesma função do meu casaco. "Rotulam" os peixes-borboleta de modo que possam encontrar seus companheiros rapidamente. Num mesmo trecho de recife de coral pode haver diversos tipos de peixes-borboleta. Nenhum peixe quer perder tempo cortejando um membro de outra espécie, então cada um deles usa um "uniforme" diferente: há cores e padrões próprios a cada espécie, tal como meu casaco horrível era particular à minha escola.

Muitos outros tipos de animais têm "marcas-uniforme" que os ajudam a identificar outros membros de sua espécie. Os guenons, grupo de macacos que vive nas florestas da África, têm na cara padrões marcantes, o que lhes permite encontrar membros de sua espécie quando diversos tipos de macacos estão comendo, por exemplo, na mesma área de floresta ou até na mesma árvore.

Uniformes, além de dizer quem faz parte do nosso time ou grupo, também podem informar a profissão de alguém. Como seria possível distinguir os policiais dos ladrões se todos usassem *jeans* e camiseta?

O bodião-limpador é um pequeno peixe de recife que vive de fazer – sim, adivinhou – limpeza. Ele cata e come criaturas parasitas minúsculas da pele de outras muito maiores que vivem nos recifes. Essa tarefa requer confiança de ambas as partes: o bodião precisa confiar em que seus clientes grandes não farão dele sua refeição, e esses clientes precisam confiar em que o bodião não tirará uma lasca de sua pele macia. Por isso o bodião usa um "uniforme" que mostra que ele não é um peixe qualquer em busca de uma refeição rápida. Seu corpo é colorido por listras pretas e azuis bem definidas, o que o diferencia de todos os outros peixes. Para ter mais certeza ainda de que seu cliente saberá quem ele é, faz uma pequena dança, balançando o corpo na água, para a frente e para trás.

LISTRAS SIGNIFICAM PERIGO

Há um tipo de "uniforme" que transmite uma mensagem que até os seres humanos entendem. Cores vivas ou listras acentuadas significam "perigo". Muitos animais pequenos usam esse sinal para avisar ao mundo que não são uma refeição desejável.

As acentuadas listras pretas e amarelas de abelhas e vespas advertem os predadores de que a ferroada delas é terrível. A lagarta da mariposa cinábrio contém o veneno das plantas das quais se alimenta. Sendo assim, para os pássaros suas listras pretas e alaranjadas significam "argh!". A cobra coral alerta contra sua picada mortal por meio de suas listras vermelhas, amarelas e pretas. E o minúsculo sapo-ponta-de-flecha, cuja pele contém toxinas mortais, é colorido e brilhante como uma joia preciosa.

Por que o animal se dá o trabalho de ser brilhante ou listrado uma vez que ele já tem uma picada, um ferrão ou um gosto horríveis para se defender dos predadores? Bem, em primeiro lugar as cores vivas chamam a atenção, de modo que o animal evita ser devorado por engano, porque o predador não o viu direito ou pensou que se tratasse de alguma outra presa saborosa. Em segundo lugar, ter uma cor ou um padrão semelhante ao de outros tipos de animais não comestíveis conta com a possibilidade de que o predador já tenha aprendido o que significa esse padrão e não precise experimentar aquele animal para testar.

Um sinal de "perigo" que muitos tipos de animais usam e entendem funciona para todo o mundo: presas de cores vivas, brilhantes ou listradas não devem servir de alimento, e os predadores não perdem tempo tentando comer alguma coisa que retribui sua mordida.

CHEIRO GRUPAL

TENHO CHEIRO DE ESTRAGADO...
TENHO GOSTO DE PODRE...
SOU NOJENTO!

As cores e os padrões que rotulam um animal como "um dos nossos" ou como "perigoso" são ótimos para usar à luz do dia. Mas o que acontece no escuro?

A mariposa-tigre venenosa sai à noite, e seu principal predador é o morcego. Ela usa um som para enviar o sinal de "Argh! Não me coma!" Quando a mariposa ouve os sons de ecolocalização de um morcego, ela faz um "clic" alto. Ao ouvir o "clic", o morcego sabe que está indo atrás de uma coisa cujo gosto não é muito bom e então dá meia-volta.

Os castores vivem em grandes grupos familiares e não gostam de compartilhar alimento e abrigo com os que não são membros da família. Dentro de sua "toca", espaço seco no interior de seu dique, é muito escuro e não dá para enxergar. Então, em vez de uma cor ou padrão do grupo, os castores têm um cheiro grupal. É uma mistura dos cheiros de todos os membros da família, que pode chegar a ter cinquenta ingredientes diferentes – por isso é muito difícil de imitar. Qualquer castor que não tiver o odor da família será expulso da toca!

Muitos mamíferos têm um cheiro grupal que rotula os membros da família como "nós" e os animais que não o têm como "eles". Quando seu gato de estimação esfrega a cabeça em você, está fazendo uma permuta de cheiros para mostrar que você faz parte do grupo dele.

MIAU! MIAU!
GRUPO GATO

SÓ MEMBROS DA FAMÍLIA

Alguma coisa não está cheirando bem...

GRRRR!

CASTOR TOCA DA FAMÍLIA

AFASTE-SE

(Balões: "NÃO ULTRAPASSE", "PARTICULAR!", "FORA!!")

Diferentemente de um som ou de um lampejo de um corpo de cor viva, o cheiro pode continuar emitindo uma mensagem mesmo que o animal que a enviou não esteja presente. Assim, o cheiro é o meio ideal de dizer "Afaste-se!" Em vez de patrulhar os limites de seu território o tempo todo, o animal pode deixar algumas marcas odoríferas e ir embora. Essas marcas funcionam como uma sequência de sinais de "entrada proibida".

Isso é eficaz para animais pequenos que têm grandes territórios a serem patrulhados, como as iguanas do deserto. Esses pequenos répteis são do tamanho de um pequeno estojo de lápis e defendem territórios que correspondem à metade de uma quadra de tênis. Eles fazem isso expelindo bolotas odoríferas por uma fileira de orifícios que têm debaixo das patas traseiras. Cada bolota é revestida por uma camada cerosa, que impede que o cheiro se dissipe muito rapidamente. Diferentemente da areia à sua volta, a cera também absorve a luz ultravioleta, que os olhos do iguana são capazes de enxergar muito bem, fazendo as marcas odoríferas se destacarem como faróis.

(Balões: "EI! NÃO SENTIU O CHEIRO?", "É PARTICULAR!" — IGUANA DO DESERTO EXPELINDO UMA BOLOTA)

Os pandas têm territórios muito grandes, montanhosos e com florestas. Eles marcam as árvores de suas fronteiras com o odor de uma glândula que têm debaixo do rabo. Mas gostam de deixar mais um sinal: "O panda que deixou esta mensagem é muito GRANDE mesmo." Por isso, plantam bananeira para que seu traseiro chegue à maior altura possível do tronco da árvore.

Um sinal de cheiro de urina mostra que aquela porção de território não é muito bem patrulhada e poderia ser um bom lugar para invadir. Assim, os animais nunca perdem oportunidade de marcar seus territórios com seu cheiro. Quem já levou um cachorro para passear sabe disso: num passeio de trinta minutos um cachorro chega a fazer xixi em dez lugares diferentes, deixando a cada vez uma clara mensagem: "Isto é meu!"

(Na árvore: "AFASTE-SE PANDA ENORME VIVE AQUI")

É SÉRIO... EU DISSE "AFASTE-SE!"

Às vezes só o cheiro não é suficiente para afastar os intrusos e torna-se necessário um sinal mais forte. Os lobos vivem em grandes grupos familiares extensos e reforçam suas marcas territoriais odoríferas com uivos. O grupo inteiro participa, inclusive os filhotes, para fazer o barulho mais intenso possível. Cada grupo ouve atentamente os uivos dos vizinhos. Pelo uivo, os grupos podem avaliar a força e o tamanho uns dos outros, e por isso muitas vezes as disputas de fronteiras se fazem sem que haja lutas.

O bugio, ou guariba, também usa sua voz alta e grave para resolver problemas territoriais. Os bugios vivem em grupos familiares e, se dois ou mais desses bandos invadem uns aos outros, pode haver briga e membros de uma mesma família podem acabar se separando ou se perdendo. Nas florestas tropicais das Américas Central e do Sul, onde vivem os bugios, é difícil enxergar através da vegetação densa e localizar sua família com precisão. Esse é um aspecto tão importante da vida do bugio que os machos têm uma caixa de ressonância na garganta para ajudá-los a gritar extremamente alto.

CANTAR PARA VENCER

Os pássaros machos também defendem seus territórios com sons. Com seu canto, tão doce e melodioso a nossos ouvidos, na verdade querem dizer "Afastem-se senão vai ter!", para os rivais, ou "Venham a mim!" para parceiras potenciais. Sempre que o dono de um território ouve o canto de outro macho de sua espécie, ele deve responder, cantando alto e com clareza. Se não o fizer, sua companheira poderá deixá-lo ou seu território poderá ser tomado por outro macho. Cantar é tão importante que alguns pássaros cantam milhares de vezes por dia.

Embora todos os cantos de pássaros transmitam a mesma mensagem simples, as melodias podem ser muito complicadas, e cada espécie tem a sua. Isso se deve em parte às diferenças de *habitat* dos pássaros: pássaros de floresta tendem a emitir montes de assobios nítidos, que se transmitem bem no ar calmo da floresta; mas os cantos de pássaros de pastos ou charnecas em geral têm trinados breves, que se transmitem melhor através dos ventos fortes ou campos abertos. Espécies diferentes também têm cantos diferentes, pela mesma razão que leva os peixes-borboleta a serem "rotulados" com cores diferentes – ninguém quer perder tempo cortejando ou combatendo um membro de outra espécie, portanto os cantos têm que ser fáceis de reconhecer. Finalmente, embora todos os pássaros da mesma espécie cantem a mesma melodia, cada pássaro a entoa de um modo ligeiramente diferente, sendo possível, assim, identificar os intrusos.

SIMPLESMENTE DIVINO

Entre as aves, as fêmeas podem ser muito exigentes na hora de escolher um parceiro e fazem questão de pais excelentes para seus filhotes. Assim, para muitos machos é mais importante transmitir a mensagem "Sou magnífico" do que "Afaste-se". Todos os tipos de pássaros machos encontraram meios maravilhosos de dizer isso a suas fêmeas, aliando penas fulgurantes a cantos fabulosos e passos de dança fantásticos. E o mais fabuloso e fantástico de todos eles é o pássaro-lira.

Antes de mais nada, ele constrói seu palco: um círculo de terra aplainado, do tamanho de uma mesa grande. Então começa seu ritual de canto e dança: ergue acima da cabeça o rabo enorme de penas rendadas, como uma cortina, fazendo-o balançar e tremular com seu gingado e seus pulos; ele canta, tornando sua melodia o mais complicada possível, copiando perfeitamente e incluindo nela todos os sons que ouve – os pios de vinte tipos diferentes de pássaros e ainda sons humanos, como alarmes de carros, serras elétricas, até obturadores de câmera.

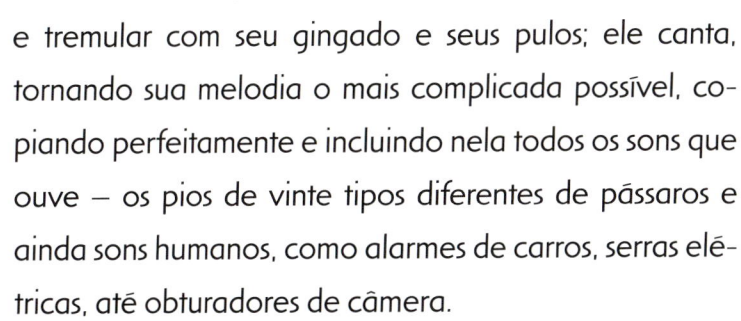

E ele faz o seu número durante horas a fio. Não é de surpreender que um macho de sucesso chegue a atrair seis namoradas diferentes em cada espetáculo – só um macho muito forte conseguiria manter-se tão magnífico por tanto tempo.

OUTRAS MANEIRAS DE DIZER "SOU MAGNÍFICO"

O macho da ave-do-paraíso azul, para atrair as fêmeas, pendura-se de ponta-cabeça e faz um barulho de máquina de costura.

A abetarda incha o papo e eriça as penas, de modo que fica parecendo um enorme balão branco, e pode ser vista a muitos quilômetros de distância.

O macho do beija-flor *Calypte anna* faz mergulhos perfeitos e emite um zumbido com as penas especiais do rabo para chamar a atenção das fêmeas.

A fêmea do falaropo de pescoço encarnado se acasala com muitos machos, por isso é ela que diz, com suas penas vivas, "Sou magnífica".

O macho da baleia jubarte canta, debaixo da água, melodias longas e complexas para dizer "Sou magnífico" e muitas outras coisas que os cientistas ainda não conseguiram entender.

O macho da mosca-das-frutas exibe suas asas como semáforos para chamar a atenção das parceiras.

ONDE VOCÊ ESTÁ?

É ótimo tentar dizer a seu par potencial como você é magnífico ou magnífica, mas antes cada um tem que saber onde está o outro. Para alguns animais, isso pode ser bem complicado.

O peixe-elefante vive na África Ocidental, no fundo dos rios, onde há muito lodo, sendo difícil enxergar um eventual parceiro. Assim, ele usa a eletricidade. Esse peixe tem no rabo um órgão elétrico, como uma fileira de baterias, que emite padrões e impulsos elétricos que são diferentes nos machos e nas fêmeas. Se um macho detecta o campo elétrico de uma fêmea com sua pequena "tromba" sensível à eletricidade, ele lhe responde com uma descarga elétrica com padrão característico do macho. É o jeito que eles têm de dizer "Onde está você?" e "Eu estou aqui".

Para um percevejo maria-fedida do tamanho da unha do nosso dedo mindinho, encontrar uma parceira num jardim comum seria como, para um ser humano, procurar uma pessoa em todo o Texas. O percevejo macho faz sua busca exalando sinais odoríferos no ar. A fêmea segue o cheiro até a planta mais próxima, mas em que folha seu pretendente está pousado? Ele a orienta batendo na folha em que está, e as batidas percorrem todo o caminho através das hastes e folhas da planta; a fêmea detecta as vibrações por meio das patas; depois responde também com batidinhas e, trocando sinais, eles topam um com o outro.

CHAMADOS DE LONGA DISTÂNCIA

Se você está tentando encontrar um parceiro, ou parceira, mas não sabe onde ela ou ele poderia estar, quanto mais longe sua mensagem puder chegar, tanto melhor. O grilo-toupeira emite um chiado estridente para atrair a parceira, esfregando a borda da asa na pata dela. Como a maioria dos outros chiados de grilos, só conseguimos ouvi-los de uma distância de alguns metros. Assim, o grilo-toupeira escava covas e de lá faz seus chamados. A forma e o tamanho da cova fazem com que ela funcione como uma trombeta, aumentando o volume da voz do grilo 250 vezes – volume suficiente, na verdade, para fazer a terra em torno da cova vibrar e ser ouvida a uma distância de mais de 600 metros!

O som se propaga quatro vezes mais depressa na água do que no ar. Portanto, um bom meio de enviar mensagens é por baixo da água, e muitas criaturas marinhas o utilizam. Mas sons agudos não se propagam tão depressa quanto os sons graves. Os peixes-tambor usam sons muito graves, pulsáteis, para chamarem uns aos outros na época do acasalamento. Infelizmente, essas canções de amor písceas também se propagam através das paredes das casas à beira-mar, mantendo as pessoas acordadas durante toda a noite.

Quanto maior é a criatura, mais facilmente ela produz sons muito graves. Assim, as baleias-azuis, as maiores criaturas da Terra, também são as que produzem os sons mais graves. Seus cantos graves se deslocam muito bem na água, e elas conseguem mandar mensagens de "Estou aqui" através do oceano inteiro.

FAMÍLIAS FELIZES

Os sinais "Onde está você?", "Venha cá!" e "Sou magnífico!" são suficientes para reunir machos e fêmeas para se acasalarem. Mas cuidar da prole requer muito mais do que isso.

Os cavalos-marinhos, diferentemente de outros peixes, são excelentes pais e mães; mas, ao contrário do que geralmente acontece, são os machos que engravidam. As fêmeas botam seus ovos na bolsa de incubação do macho, onde ficam até estarem prontos para eclodir, dando origem a minúsculos "potrinhos-marinhos". Assim que uma ninhada sai da bolsa do pai, a mãe já tem preparado um novo lote de ovos. Para administrar esse meticuloso trabalho em equipe é preciso que o casal se comunique bem: os dois se encontram todos os dias, ao amanhecer, e dançam com as caudas entrelaçadas.

Entre os mamíferos, quase sempre a mãe cuida dos filhos sozinha. Mas no caso do sagui-imperador — minúsculo macaco-bigodeiro, da América do Sul —, a mãe tem a ajuda garantida de dois pais, pois cada um de seus filhos gêmeos pode ter um pai diferente. Assim, quando ela quer descansar, manda um sinal para os dois pais pondo para fora sua longa língua cor-de-rosa; eles sabem que isso significa que está na hora de cada um pegar um dos gêmeos.

Chocar ovos e alimentar filhotes é uma tarefa enorme, por isso, entre os pássaros, a mãe e o pai precisam constituir uma boa equipe e é essencial que se mantenham fortemente unidos. Os casais pássaros passam grande parte do tempo dizendo "Vamos ficar juntos", se cumprimentando, se alisando com o bico e se exibindo um para o outro.

FALANDO COM A MAMÃE

Os filhotes podem começar a se comunicar com os pais mesmo antes de nascer. Quem já criou pintinhos pode confirmar que, ainda no ovo, começam a "piar" para a mãe uns dias antes de estarem prontos para nascer. É um aviso para a galinha continuar chocando os ovos que logo sua paciência será recompensada!

Filhotes de crocodilo também começam a fazer "umf, umf, umf" quando ainda estão dentro de seus ovos de casca coriácea, atolados em lama e plantas em decomposição. Esses gritinhos de "Estamos prontos!" avisam a todos os irmãos e irmãs do ninho que está na hora de sair do ovo, para que ninguém se atrase. Também alertam a mãe para que saia em sua ajuda. Quando ela ouve as vozes dos filhos, vai até o ninho, cavouca para ajudá-los a se soltar e leva-os na boca até a água.

Talvez a mensagem mais importante que os filhotes precisam enviar aos pais é "Agora me alimente!" Os filhotes de passarinho têm um jeito muito simples de fazer isso: abrem o bico e começam a chilrear quando os pais estão por perto. Para que a mensagem seja bem clara, o interior da boca dos filhotes geralmente é de cor muito viva. Isso funciona muito bem: os pais não resistem a um bico colorido escancarado, e só lhes resta colocar alimento dentro dele.

JOGUE O JOGO DO MORCEGO-DE-CAUDA-LIVRE!

LIGUE AS MÃES A SEUS FILHOTES...!

E CENTENAS DE MILHARES DE FILHOTES AQUI...

MAMÃE!

ESTOU COM FOME, MAMÃE!

DEVERIA HAVER MEIO MILHÕES DE MÃES MORCEGO AQUI

ONDE ESTÁ MEU FILHOTE?

Alimentar filhotes é um trabalho árduo, e são poucos os animais que se dispõem a despender esforço com filhos que não são seus. Os filhotes também não gostam disso... se os pais alimentarem estranhos, pode ser que não haja alimento suficiente para eles! Assim, em lugares em que os filhotes de muitos pais diferentes vivem misturados, pais e filhos tratam de se manter ligados e não se confundir.

Todas as noites, na época de procriação, um milhão e meio de morcegos-de-cauda-livre saem voando de seu abrigo debaixo da ponte da Congress Avenue, em Austin, no Texas, deixando para trás suas centenas de milhares de filhotes. Cada mãe morcego volta pelo menos uma vez a cada noite, para amamentar seu único filhote, e lhe dá, a cada 24 horas, uma quantidade de leite que equivale a um quarto do peso do corpo dela. Assegura-se de que seu leite precioso vá apenas para seu próprio filho, reconhecendo seu pequeno guincho, que constitui um chamado de contato. Cada mãe morcego identifica a voz de seu filho entre todos os outros milhares que estão na mesma zona do abrigo.

Cada filhote cinza e penugento do pinguim-imperador, no Polo Sul, precisa se assegurar de que, ao voltar para casa trazendo alimento, os pais o reconhecerão, no meio de milhares de outros filhotes cinzas e penugentos que se amontoam para se aquecer. Faz isso por meio da voz, e também consegue distinguir a voz de seus pais entre as de todos os outros adultos, mesmo quando o vento uivante da Antártica varre metade dos chamados.

GU GU, GA GA

Filhotes de passarinhos não precisam aprender a "bocejar", e pais passarinhos não precisam aprender que o bocejo significa "Me dê comida agora!". Muitas sinalizações simples dos animais são assim. Eles já sabem, ao nascer, como enviar sinais e como entendê-los. Mas alguns tipos de comunicação mais complexos — como cantar, por exemplo — exigem um pouco de treino.

O tentilhão é um belo passarinho de jardim, cujo canto é um dos mais bonitos que se ouvem na primavera por toda a Europa. Mas os tentilhões têm que aprender esse canto. Os tentilhões selvagens ouvem os cantos de muitos outros machos, e então treinam muito baixinho, de bico fechado. De início é uma confusão de muitas notas, mas, depois de ouvir e praticar por algumas semanas, cada tentilhão macho está pronto para entoar seu canto: é muito parecido com o de outros tentilhões para dizer *o que* ele é, mas há muito de composição própria, permitindo que se diga *quem* ele é.

Filhotes de golfinho emitem estalos e assobios quase desde que nascem e produzem uma gama maior de sons do que os golfinhos adultos. Os cientistas julgam que sejam balbucios como os dos bebês humanos. Por volta dos sete meses de idade, um bebê humano ensaia todos os sons que consegue emitir, para ver o que acontece! Sons úteis – como "mamã" ou "dadá" – são lembrados, mas os sons que o bebê não ouve dos outros (porque pertencem a uma língua que a mãe e o pai não falam) ou que não surtem efeito são esquecidos. Depois de alguns meses, os filhotes de golfinhos também já deixaram alguns sons de lado e mantiveram outros. Assim, bebês humanos e filhotes de golfinhos acabam adquirindo um conjunto de sons que se equiparam aos dos adultos que os cercam.

VIVENDO JUNTO

A boa comunicação ajuda os parceiros a se encontrarem, ajuda os pais a educarem os filhos e mantém comunidades de trabalho.

As abelhas melíferas moram juntas, em colônias de mais de cem mil. Geralmente há apenas uma Rainha, cuja única função é botar ovos. Todas as outras abelhas são suas filhas, a maioria delas (fêmeas) operárias, que zelam pela Rainha, cuidam dos ovos e das larvas, limpam a colmeia e saem em busca de néctar e pólen para manter todos bem alimentados. Tudo se mantém em perfeita ordem, graças a um engenhoso sistema de comunicação química. A Rainha e as operárias trocam coquetéis de mensagens químicas chamados feromônios, que controlam o comportamento de todas as abelhas da colmeia, garantindo que todas cumpram a tarefa certa na hora certa.

As abelhas também utilizam a dança para se comunicar. Uma abelha forrageira que encontrou flores carregadas de néctar precisa dizê-lo ao maior número possível de outras operárias, para que elas possam coletar grandes quantidades de néctar para a colônia. Então ela dança, balançando o traseiro, quando atravessa o favo no interior da colmeia. Outras abelhas a tocam com as antenas, sentindo a direção de sua dança, o número de seus balanços e a intensidade de sua excitação. Tudo isso lhes diz onde o néctar pode ser encontrado. Então elas formam uma linha direta até as flores.

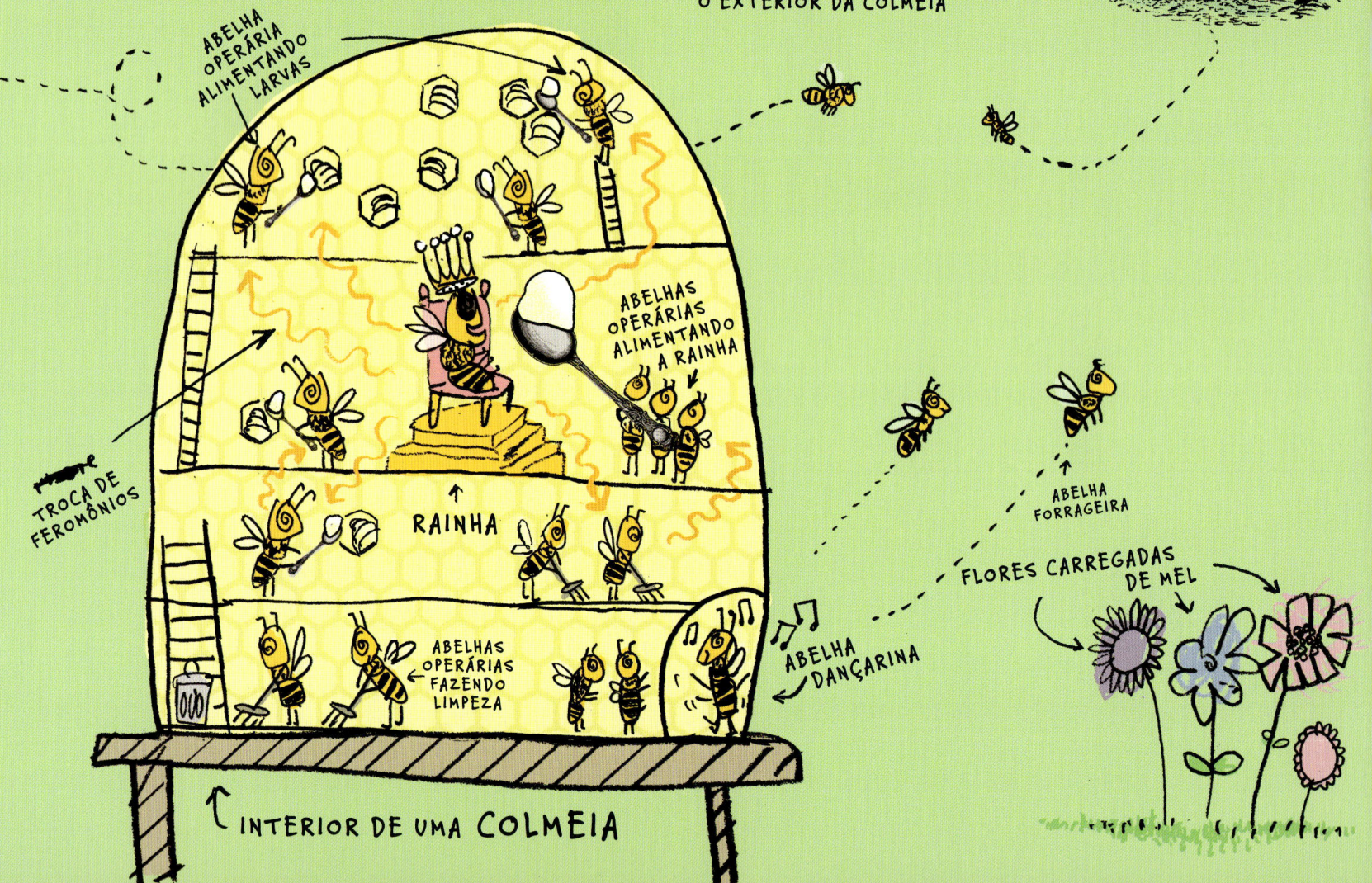

O EXTERIOR DA COLMEIA

INTERIOR DE UMA COLMEIA

ABELHA OPERÁRIA ALIMENTANDO LARVAS
TROCA DE FEROMÔNIOS
ABELHAS OPERÁRIAS ALIMENTANDO A RAINHA
RAINHA
ABELHAS OPERÁRIAS FAZENDO LIMPEZA
ABELHA DANÇARINA
ABELHA FORRAGEIRA
FLORES CARREGADAS DE MEL

ESTRONDOS NA SELVA

Os elefantes africanos vivem em grupos familiares liderados por uma fêmea, a matriarca, e a sobrevivência deles depende de seu trabalho conjunto. Comida e água podem escassear e os predadores podem ameaçar os filhotes. A matriarca é, geralmente, o elefante mais velho do grupo. Sua longa memória com relação a onde encontrar alimento e água em tempos difíceis e a capacidade que o grupo tem de se manter unido são muito importantes, e esses dois fatores dependem de uma boa comunicação.

Pesquisadores descobriram que os elefantes têm 160 sinais táteis e visuais, e outros 70 sinais sonoros. Alguns desse sinais sonoros funcionam de maneira extraordinária. Os elefantes emitem bramidos que estão muito abaixo do alcance da audição humana. Como todos os sons graves, estes percorrem grandes distâncias pelo ar, mas também se propagam como minúsculos terremotos através do solo, e os elefantes os sentem com suas patas e trombas sensíveis. Em áreas silenciosas da África, bramidos de elefantes podem reunir uma manada dispersa por muitas milhas. Isso decerto explica por que, quando uma parte da manada se vê em dificuldade, o resto dela aparece do nada, como num passe de mágica.

A MATRIARCA →

COMUNICAÇÃO: O LADO OBSCURO

Onde há comunicação também há mentira, e sinto dizer que há alguns mentirosos no mundo animal. As moscas-das-flores têm o padrão brilhante de listras pretas e amarelas que significa perigo, igual ao das vespas. Mas é mentira: as moscas-das-flores não têm ferrão. A cobra falsa-coral tem um padrão de alerta, com listras vermelhas, amarelas e pretas, como a cobra-coral, que é peçonhenta. Mas as falsas-corais são inofensivas. Elas e as moscas-das-flores usam suas mentiras como autodefesa, mas há mentirosos muito mais letais.

O blênio-de-sabre ou falso-limpador pode assumir a aparência e o comportamento do bodião-limpador, anunciando serviços de limpeza para o grande peixe de recife. Mas logo seu cliente descobre que é mentira, quando o falso-limpador arranca um pedaço dele com uma mordida. A aranha-boleadeira fêmea sopra no ar uma substância química transmissora de mensagem, chamada feromônio, que é exatamente igual à que as mariposas fêmeas usam para dizer "Aqui estou, venha e me pegue". As mariposas machos voam até elas avidamente, esperando um encontro caloroso, e em vez disso acabam virando jantar de aranha.

Mas não há muitos mentirosos, pois, se esse tipo de mentira se tornasse muito comum, acabaria se desgastando. O sentido da mensagem original mudaria: as listras da mosca-das-flores significariam "jantar" e não "perigo"; o uniforme do falso-limpador não significaria "Confie em mim" mas "Me coma antes que eu coma você". Todos, tanto os mentirosos como os que dizem a verdade, poderiam ser devorados.

VERDADE E MENTIRAS

Acreditar numa mentira pode causar problemas, como vimos no caso da aranha-boleadeira. Uma fêmea que acredita num macho que mente dizendo que é grande e forte pode acabar acasalando com um trapaceiro; um macho que acredita na mesma mentira pode desistir e perder uma luta que poderia ter vencido. Assim, os animais estão sempre alerta para as mentiras e para os sinais honestos que não podem ser falseados.

Todo ano, os machos dos veados-vermelhos competem para acasalar com a maioria das fêmeas. No entanto, lutar com aqueles chifres grandes e pontudos é muito perigoso, por isso eles tentam decidir qual deles é mais forte por meio da exibição. Bramem uns para os outros, bramidos altos, graves e longos que significam "Sou grande, saudável e forte". O importante do bramido é ele não poder ser falseado: o esforço é grande e, para emitir um som alto e forte, é preciso ser um veado grande e forte. Muitas competições limitam-se a bramidos, de modo que os machos mais fracos percebem como a oposição é forte e ficam sabendo que não vale a pena correr o risco de se ferir numa luta. Só os machos que se igualam e cujos bramidos parecem ter a mesma força resolvem sua rivalidade por meio de uma luta de verdade.

COISA DE MACACO

Até agora falamos de mensagens e sinais que, como placas de estrada, funcionam para a comunicação simples. Mas não é possível conversar direito usando sinais de trânsito. Para uma comunicação mais complexa, sobre ideias, sentimentos, lugares e coisas, é preciso haver uma linguagem, e uma das primeiras coisas de que a linguagem precisa são as palavras. Palavras podem ser constituídas de sons, gestos, cheiros, elementos visuais ou qualquer outra coisa que os sentidos dos animais sejam capazes de detectar. Por exemplo:

Os sons "g", "a", "t" e "o" reunidos significam GATO, e significa a mesma coisa em linguagem de sinais.

Mas GATO e são sempre iguais e sempre significam a mesma coisa.

Os seres humanos certamente não são os únicos a ter palavras. Os macacos-vervet têm gritos de alarme diferentes para tipos diferentes de predadores, como águia, serpente e leopardo. Quando os vervets ouvem o grito de alarme para "serpente", todos se erguem sobre as patas traseiras e olham para o chão, à espreita de uma píton sinuosa. Quando ouvem "leopardo", saltam para o alto das árvores, onde um leopardo não os poderia alcançar. E, quando ouvem "águia", mergulham no mato denso onde uma águia não poderia localizá-los.

Descobriu-se que muitas espécies de macacos africanos têm "palavras" para predadores, e espécies diferentes que vivem na mesma área entendem os alertas umas das outras. Trata-se de uma grande vantagem, pois significa montes de pares de olhos espreitando o perigo e muito mais vozes gritando o alerta.

Palavras, apenas, não são suficientes: para constituir uma linguagem elas precisam ser arranjadas em orações, com um sentido mais complexo, e os macacos parecem também fazer isso. Eles acrescentam outros gritos às "palavras" de alerta para os predadores, que, a julgar pela reação do bando, devem significar coisas como "agora mesmo!" ou "ao longe".

Para tentar descobrir o que os macacos estão dizendo, pesquisadores gravam seus gritos e depois os reproduzem para observar o que o bando faz. É complicado e leva tempo, e não funciona muito bem para os alertas mais silenciosos que os macacos usam na comunicação um a um. Mas, se os macacos são capazes de dizer "Águia logo acima agora mesmo!" e "Leopardo bem ao longe. Não é urgente", quem pode saber sobre o que mais eles conversam? Decerto são capazes de usar palavras para mentir. Um macaco que não quer compartilhar uma guloseima especialmente saborosa pode gritar "Serpente, agora mesmo!" para fazer o resto do bando correr para o topo das árvores, deixando-o comer em paz.

"Ooo Ooa!!" – QUE SIGNIFICA "QUERIA QUE OS TOLOS DOS HUMANOS SE PERDESSEM" EM MACAQUÊS.

"Oo!" – QUE SIGNIFICA "SIM" EM MACAQUÊS.

ANIMAL FALANTE

Os cientistas e as pessoas que estudam linguagem e comunicação discutem sobre se os animais, como aqueles macacos, têm uma linguagem do mesmo tipo da nossa. Se têm, talvez possam aprender um pouquinho da nossa. Alguns pesquisadores acham que há animais que já aprenderam "humanês".

Os chimpanzés são nossos parentes mais próximos, mas eles não têm cordas vocais, língua e boca como as nossas, portanto nunca poderiam formar palavras. Mas suas mãos e muitos dos gestos que eles usam se parecem muito com os nossos. Nos anos 1960, iniciou-se um experimento de ensinar a uma jovem chimpanzé, que seus cuidadores humanos chamavam de Washoe, a Linguagem Americana de Sinais, usada por americanos com dificuldades de audição ou de fala. Washoe aprendeu 250 sinais diferentes e, sem nenhuma ajuda humana, ensinou 50 sinais a outros chimpanzés. Washoe conseguia construir orações, pedindo o que comer, o que beber ou para brincar, e juntava sinais para ajudar a nomear ou descrever coisas que nunca tinha visto antes. Seu pequeno grupo de chimpanzés em cativeiro usava sons, gestos e toques normais de chimpanzés para se comunicarem uns com os outros, mas também usava a linguagem humana de sinais.

Papagaios são imitadores fantásticos, por isso é fácil para eles dizer palavras humanas. Mas Alex, um papagaio-cinzento africano que viveu com a pesquisadora

Irene Pepperberg por 30 anos, parecia entender as 150 palavras que aprendeu a dizer. Alex conseguia responder a perguntas sobre a cor, o tamanho e o número de objetos colocados diante dele mesmo que nunca os tivesse visto antes. Tal como Washoe, Alex às vezes construía orações que pareciam mostrar que ele realmente entendia as palavras que usava. Quando certa vez Irene teve que deixá-lo no veterinário para fazer um tratamento, ele disse: "Venha cá. Eu te amo. Desculpe. Quero voltar." Alguns dizem que Alex e Washoe na verdade não entendiam o que diziam e que suas palavras não revelavam nada sobre pensamentos e sentimentos de animais. Mas Washoe e Alex estavam ambos longe de sua origem selvagem, vivendo com humanos, mas não criaturas da sua espécie. É como você ou eu aprendendo "alienês" num disco voador a caminho de Marte. Eu me pergunto como nos sairíamos. Nossa linguagem humana evoluiu ao longo de dezenas de milhares de anos para expressar o que acontece no nosso mundo, nas nossas cabeças ou nos nossos corações. Mas animal não é gente: eles têm seus próprios pensamentos e sentimentos, muito diferentes dos nossos. Como poderiam nossas palavras expressar plenamente o que eles querem dizer?

Cientistas ouvindo comunicações alienígenas no espaço desenvolveram programas de computador que conseguem identificar os vestígios de uma linguagem em qualquer sinal. Um dia essa técnica talvez possa ser usada para os sons do golfinho, que poderiam estar próximos da nossa ideia de linguagem. Talvez então, finalmente, saberemos o que os animais têm a dizer sobre nós.

ÍNDICE

A
Abelha 12, 26
Abelhas melíferas 26
Abelha rainha 26 
Abetarda 18
Alertas para predadores 30, 31
Alex (papagaio-cinzento africano) 32-3
Alimentar filhotes 22-3
Aranha-boleadeira 28-9

B
Baleia-azul 20
Baleia jubarte 18
Bebês humanos 25
Blênio-de-sabre 28
Bodião-limpador 11
Bugio 15

C
Cachorro 14
Cantar 16-8, 24
Castor 13
Cavalo-marinho 21
Cheiro de "Afaste-se" 14-6
Cheiro grupal 13
Chimpanzé 32
Comunicações alienígenas 33 
Criaturas marinhas, sons 20, 25, 33
Crocodilo 22
Cuidar da prole 21-5

D
Dança 11, 17, 26
Defesa de território 14-6

E
Elefante 27
Elefante africano 27
Eletricidade 19

F
Falaropo de pescoço encarnado 18
Falsa-coral 28
Feromônios 26, 28
Filhotes 21-5
Formiga-cortadeira 8

G
Galinha e pintinhos 22
Gato 13 
Golfinho 25, 33
Grilo 20
Grilo-toupeira 20
Guenon 10

I
Iguana do deserto 14
Irene Pepperberg 33

J
Juruviara 9

L
Lagarta da mariposa cinábrio 12
Linguagem 30-1, 32-3
Linguagem de sinais 30, 32
Linguagem humana 32-3
Listras 11, 12, 28
Lobo 15

M

Macaco cercopiteco 8
Macaco vervet 30
Mamíferos 13, 21
Marcas 10
Marcas odoríferas 13-5
Maria-fedida 8, 19
Mariposa-tigre 13
Mentirosos 28, 29, 31

Morcego 13, 23
Morcego-de-cauda-livre 23
Mosca-das-flores 28
Mosca-das-frutas 18

P

Palavras 30-1, 32
Panda 14
Papagaio 32
Parceiro 16, 19, 20
Pássaro 9, 16-8, 22, 24, 35

Pássaros de charnecas 16

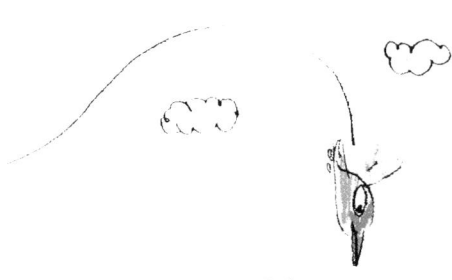

Pássaros de pastos 16
Pássaro-lira 17

Pássaro zumbidor *Calypte anna* 18
Peixe-borboleta 9, 10, 16
Peixe-elefante 9, 19
Peixe-tambor 20
Penas 18
Pinguim 23
Pinguim-imperador 23

R

Rastros odoríferos 8

S

Sagui-imperador 21
Sapo-ponta-de flecha 12
Sinais de perigo 12, 28

T

Tentilhão 24

U

Uivo 15
Uniformes 10-1

V

Veado-vermelho 29
Verdades e mentiras 29
Vespa 12, 28

W

Washoe (chimpanzé) 32-3

Z

Zumbido 8

GLOSSÁRIO

Colônia – grupo de animais que vivem juntos e dividem as tarefas necessárias à sua sobrevivência.

Espécie – tipo de animal ou vegetal. O dente-de-leão é uma espécie vegetal, o cavalo é uma espécie animal.

Evolução – mudanças sofridas por animais e vegetais ao longo de muitas gerações, levando-os às vezes a se tornar uma espécie completamente nova.

Feromônios – substância química portadora de sinais produzida por um animal. O feromônio desencadeia um comportamento específico quando captado por outros membros da espécie.

Habitat – tipo de lugar em que determinado animal habita. Por exemplo, o *habitat* da baleia é o mar, não a floresta.

Incubação – processo de chocar ou incubar ovos. As aves sentam sobre seus ovos para mantê-los aquecidos para que os filhotes se desenvolvam dentro deles. Isso se chama chocar ou incubar. Os répteis também chocam seus ovos, enterrando-os em algum lugar quente ou mantendo-os dentro do corpo. A bolsa de incubação do cavalo-marinho tem essa função.

Matriarca – fêmea que lidera um grupo de animais, geralmente mais velha e experiente do que os outros.

Semáforo – tipo de sinalização por meio de bandeiras que são exibidas em diferentes posições para transmitir letras e palavras. As moscas-das-frutas também exibem suas asas em diferentes posições para enviar mensagens.

Sons de ecolocalização – sons produzidos por morcegos e alguns outros animais. São ecos que o animal pode usar para se orientar.

Território – área que um animal usa para encontrar alimento, abrigo e companhia e que ele não quer compartilhar com outros.

Toxina – o mesmo que veneno.

Ultravioleta – tipo de luz, imediatamente além do azul no arco-íris, que os seres humanos não conseguem enxergar muito bem, mas os insetos e outros animais conseguem. É a parte da luz solar que faz nossa pele ficar bronzeada.

SOBRE A AUTORA

Nicola Davies é autora premiada de muitos livros para crianças. É formada em zoologia. Estudou baleias e morcegos e trabalhou no setor de História Natural da BBC. "Quando pequena, o que eu mais queria era poder falar com os animais", diz Nicola, "mas escrever sobre como eles se comunicam vem em segundo lugar!"
Visite Nicola no *site* **www.nicola-davies.com**

SOBRE O ILUSTRADOR

Neal Layton é um artista premiado que ilustrou mais de sessenta livros para crianças. Também escreve e ilustra seus próprios livros. Sobre este, ele diz: "Desde que ilustrei este livro, mudou para sempre minha maneira de olhar para qualquer animal que pia, tamborila, ronca, ruge, zumbe ou é muito colorido!"
Visite Neal no *site* **www.neallayton.co.uk**
Entre os livros que ilustrou, está *Esse coelho pertence a Emília Brown*, publicado pela Editora WMF Martins Fontes.

"Já vou indo, queridos..."

"Mamãe! Mamãe!"

"AFASTEM-SE"

"IGUALMENTE!"

"SOU UM LEÃO FAMINTO!"

"DEPRESSA, CHAME OS HERÓIS...!"

MNHAM, MACACOS!

ÁGUIA!

VAMOS!

ESTAMOS A CAMINHO...

ESTAMOS CHEGANDO!

AQUI ESTOU, MOÇAS!

QUERIA QUE MEU CLIC FOSSE ALTO ASSIM!

Ciência ANIMAL

COMO E POR QUE OS ANIMAIS FAZEM O QUE FAZEM

Ciência ANIMAL — COCÔ
UMA HISTÓRIA NATURAL DO INDIZÍVEL
NICOLA DAVIES
ILUSTRAÇÕES DE NEAL LAYTON
TRADUÇÃO DE MONICA STAHEL

Ciência ANIMAL — SOBREVIVENTES
AS CRIATURAS MAIS RESISTENTES DA TERRA
"ACHO QUE ESTOU VENDO ALGUMA COISA..."
NICOLA DAVIES
ILUSTRAÇÕES DE NEAL LAYTON
TRADUÇÃO DE MONICA STAHEL

Ciência ANIMAL — MORTÍFEROS
A VERDADE SOBRE AS CRIATURAS MAIS PERIGOSAS DA TERRA
NICOLA DAVIES ILUSTRAÇÕES DE NEAL LAYTON
TRADUÇÃO DE MONICA STAHEL

Ciência ANIMAL — BLÁ-BLÁ-BLÁ, PIU-PIU!
COMO E POR QUE OS ANIMAIS SE COMUNICAM
NICOLA DAVIES ILUSTRAÇÕES DE NEAL LAYTON
TRADUÇÃO DE MONICA STAHEL

Ciência ANIMAL — DO TAMANHO CERTO
POR QUE OS ANIMAIS GRANDES SÃO GRANDES E OS PEQUENOS SÃO PEQUENOS
NICOLA DAVIES
ILUSTRAÇÕES DE NEAL LAYTON
TRADUÇÃO DE MONICA STAHEL

Ciência ANIMAL — O QUE ESTÁ TE DEVORANDO?
PARASITA – A HISTÓRIA POR DENTRO
NICOLA DAVIES
ILUSTRAÇÕES DE NEAL LAYTON
TRADUÇÃO DE MONICA STAHEL

Se você gostou deste livro, por que não colecionar todos?